Grinsepüppchen

Die Knochen der Toten

AF220023

Grinsepüppchen

Die Knochen der Toten

Horror

Impressum

Grinsepüppchen

c/o skriptspektor e. U.

Robert-Preußler-Straße 13 / TOP 1 5020 Salzburg

AT - Österreich

Grinsepueppchen@gmx.de

Bibliografische Information der Deutschen Nationalbibliothek:
Die Deutsche Nationalbibliothek verzeichnet diese Publikation in
der Deutschen Nationalbibliografie; detaillierte bibliografische
Daten sind im Internet über http://dnb.dnb.de abrufbar.
© 2021 Grinsepüppchen Erste Auflage
Herstellung und Verlag: BoD – Books on Demand, Norderstedt
ISBN: 9783754353288

Diese Veröffentlichung ist Marco Wittler gewidmet, ohne ihn würde es Gliedmund nicht geben. Vielen Dank für die Geburtshilfe, @MyMicrostories.

Gude,

in Euren Händen haltet Ihr gerade nicht nur ein Buch. Es ist das Ergebnis eines Experiments. Die (zugegebenermaßen langatmige) Fragestellung hierzu lautete:

Schaffe ich es innerhalb eines Monats, eine zusammenhängende Geschichte zu schreiben, obwohl ich jeden Tag nur ein kleines Stück erarbeite und den vorherigen Beitrag nicht vor dem weiterschreiben lesen darf?

Die Idee dazu kam mir, als Marco seinen Schrecktober vorstellte. Eine dieser kreativen Herausforderungen, bei der für jeden Tag des Oktobers ein Begriff vorgegeben wird und die Teilnehmer malen, schreiben, kneten oder machen etwas anderes, das zu diesem Begriff passt und teilen es dann auf den sozialen Netzwerken.

Ich hatte mir drei Regeln auferlegt. Die erste Regel setzte die Mindestwortanzahl auf 300 fest. Bei der zweiten ging es darum, den Begriff des Tages sinnvoll einzufügen. Regel 3 besagte, dass ich den Beitrag höchstens zwei Mal korrigieren durfte, bevor ich ihn hochladen musste. Damit die Geschichte authentisch bleibt, habe ich auch für die Buchform auf eine weitere Bearbeitung verzichtet. Wie gut ich mich geschlagen habe, könnt Ihr auf den nächsten Seiten lesen. Die Kapitelüberschriften bestehen aus den vorgegebenen Begriffen.

Da Ihr nun für die folgenden Seiten gewappnet seid, bleibt mir nur Euch eine unterhaltsame Zeit mit Gliedmund zu wünschen (oder Gliedu, wie ich ihn in den ersten Tagen abgekürzt hatte).

Viele Grüße, Grinsepüppchen

1 Kürbis, Geist, Kostüm

Gliedu drehte sich im Bett herum, weg von den Sonnenstrahlen, welche durch die Fenster fielen. Mit zusammengekniffenen Augen versuchte er wieder einzuschlafen. Das laute Brummen unter seiner Decke und die einsetzenden Bauchschmerzen verrieten ihm, dass das nicht funktionieren würde. Aber noch fünf Minuten würde er es versuchen. RUMMS! Der Knall vor seiner Tür ließ ihn aufschrecken. Kurz darauf hörte er, wie die Wohnungstür, die sich direkt neben seinem Zimmer befand, zugezogen wurde. Mit einem missbilligenden Geräusch zwang er sich zum Aufstehen. Sollte sie zur Arbeit gegangen sein, würde es wenigstens etwas Essbares geben. Gliedu verließ schlurfend sein Zimmer und folgte dem Gang in Richtung Küche.

„Morgen", murmelte er, ohne Jan anzusehen.

„Hallo", sagte dieser vom Herd aus.

„Hast du heute frei?", fragte Gliedu überrascht.

„Ja, meine bessere Hälfte auch. In der Firma ist heute sowas wie ein Feiertag."

„Ah, ok. Wo treibt sich Babsi rum?", fragte er und ließ sich auf einen Stuhl fallen.

„Die ist gerade unten und holt die Post."

„Schade, ich hab gehofft, ihr hättet euch getrennt, während ich weg war."

„Apropos, ich hab dich die letzten drei Tage nicht mehr gesehen. Wo warst du?"

Sie konnten hören, wie Babsi die Wohnung betrat.

„Ich hab meine neue Freiheit gefeiert."

„Dachte ich es mir doch. Wieso bist du jetzt wieder rausgeflogen?"

„Könnte an dem Kommentar liegen, den ich über die Möpse der Alten vom Chef gemacht hab."

„Gliedu!", sagte Jan schockiert.

„Was?"

„Du bist so widerlich!", rief Babsi und setzte sich mit ein paar Briefumschlägen in der Hand gegenüber von Gliedu.

„Wie konntest du das tun?", fragte Jan.

„Ja, wenn sie die immer so raushängen lässt und jedem entgegenstreckt, muss sie auch damit rechnen das einer was sagt. Wären die wenigstens jung und frisch, ihre Teile sehen aus als hätte irgendwer einen alten, verschrumpelten Kürbis genommen, in der Mitte geteilt und ihr in den Glockenhalter geschoben."

„Egal wie groß ihr Ausschnitt ist, du hast kein Recht dazu ihre Brüste anzuglotzen oder blöde Kommentare darüber zu machen", stellte Babsi fest, „hoffentlich zeigt sie dich an."

„Sei nicht so empfindlich. Ist irgendwas für mich dabei?"

„Ja, ein Brief vom Arbeitsamt. Viel Spaß damit", erwiderte sie schadenfroh und streckte ihm den Umschlag entgegen.

„Jetzt schon?"

„Wahrscheinlich wollen die dich sofort wieder loswerden", meinte Jan.

„Das kann ich ihnen nicht verübeln", setzte sie hinzu.

Gliedu nahm den Umschlag, riss ihn auf und las den Brief durch. Er runzelte die Stirn.

13

„Ich hab anscheinend eine neue Tante dort. Und die hat mir ein Probearbeiten organisiert."

„Ich wusste gar nicht, dass das Amt sowas macht", sagte sie und stand auf um Besteck zu holen.

„Davon hab ich auch noch nie gehört. Aber es sieht echt aus."

„Wo hast du denn die Probearbeit?", fragte Jan, während er das Essen auf Tellern verteilte.

„Im Calzonas", antwortete Gliedu und verzog widerwillig das Gesicht.

Als Jan die Teller auf dem Tisch verteilt hatte, stellte er sich hinter ihn und überflog den Brief.

„Also musst du ab nächste Woche jeden Tag nach Brockenmünde fahren", stellte er fest und gab ihm einen kleinen Knuff gegen die Schulter, „viel Spaß, da bist du locker eine Stunde unterwegs, wenn nicht mehr."

„Danke, dass weiß ich auch", motzte er zurück.

„Äh, Gliedu?", fragte Babsi mit besorgter Stimme, „kriegst du viel Ärger, wenn du da nicht mitmachst?"

„Normalerweise kürzen die einem dann das Geld. Wieso?"

„Naja, du weißt schon, was das für ein Laden ist oder?"

„Eine Pizzeria?"

Sie seufzte genervt.

„Das war erst vor drei Jahren und du hast es vergessen."

„Ich verstehe gerade auch nicht was du meinst", schaltete sich Jan ein.

„Über Fußball könnt ihr beide ewig reden, aber die Tragödie, bei der vier Menschen starben und die hier um die Ecke passiert ist, vergesst ihr einfach!?"

Beide starrten sie geschockt an.

„Vor ein paar Jahren hat eine Familie aus Italien in Brockenmünde das Haus gekauft, in dem sie ihre Pizzeria eröffnen wollten. Aber sobald sie anfingen zu renovieren, geschahen gruselige Sachen. Werkzeug verschwand, eine Leiter wurde umgestoßen während sich niemand im Gebäude befand, das Licht hat geflackert und musste mehrmals repariert werden. Dann erzählte die kleine Tochter von einer alten Frau, die nachts immer draußen an ihrem Zimmerfenster stand und mit ihren unnatürlich langen Fingernägeln am Glas kratzte. Dabei sagte sie leise immer wieder ‚du wirst die Erste sein'. Am Eröffnungstag, als die ersten Kunden bestellt haben, begann die Kleine plötzlich zu schweben und mit rauer Stimme verkündete sie ‚ihr Blut klebt an euren Händen'. Sie legte ihren Kopf zurück und an ihrem Hals öffnete sich eine klaffende Wunde, das gleiche geschah mit ihren Armen und an den Beinen. Natürlich wurde sofort ein Notarzt gerufen, aber noch während der auf dem Weg war, fiel der Strom aus und nacheinander geschah dem älteren Bruder, Mutter, am Schluss auch dem Vater das, was ihr passiert war. Die Kunden rannten natürlich panisch weg, die Polizei suchte Wochen lang nach Zeugen. Die einzigen Spuren die festgestellt werden konnten waren, dass die Wunden aussahen wie große Kratzer und eine kleine Eins, die im Fenster des Kinderzimmers ins Glas geritzt war.

Das Calzonas ist für die Morde durch den Geist total berühmt geworden!"

„Und danach haben die Zahnfee und der Weihnachtsmann das Miststück festgenommen.

Es sitzt die nächsten 4000 Jahre für Mord im Turm von Schneewittchen seine Zeit ab."

„Du meinst Dornröschen, Gliedu", berichtigte ihn Jan, „Schneewittchen hat sich in einer Hütte im Wald versteckt, nicht in einem Turm."

„Von mir aus. Diese Geistergeschichte ist jedenfalls Schwachsinn."

„Das ist keine Geistergeschichte."

„Doch ist sie und eine blöde noch dazu!"

„Es ist wirklich passiert!"

„Ah ja? Warum läuft dann die Pizzeria?"

„Ich weiß es nicht. Vielleicht wird sie ja erst nächste Woche neu eröffnet, wenn du anfängst."

„Oder du erzählst einfach nur irgendeinen Rotz den du sonst wo gehört hast."

„Ich erzähle das nicht nur, ich habe es gelesen! Außerdem war es auch in den Nachrichten!"

„Bist du sicher, dass du davon nicht in einem deiner Foren gelesen hast?", fragte Jan vorsichtig.

„Was?!"

„Nimm es mir nicht übel, aber du beschäftigst dich ständig mit so einem Zeug, vielleicht hast du einfach etwas durcheinander gebracht", auf den wütenden Blick seiner Freundin setzte er hektisch hinzu, „das wäre nachvollziehbar. Wenn man sich ständig mit Spuk und übersinnlichem Zeugs auseinander setzt, dann wartet man doch praktisch darauf, dass sowas passiert."

„Alter halt die Fresse, du machst es nicht besser", zischte Gliedu ihm zu.

„Ihr glaubt also beide, ich habe mir das nur ausgedacht?", fragte sie eiskalt.

„Hör zu Babsi, wie wär es, wenn ich nachher einfach dran vorbei fahre? Ich geh nicht rein, ich guck nur vom Auto aus ob der Laden auf hat. Vielleicht hat mir die Tante ja auch die falsche Adresse geschickt."

„Und ich fahre mit. Ich passe auf, dass er sich daran hält. Was meinst du?"

„Von mir aus, dann bring dich in Gefahr", sagte sie und begann zu essen, „aber du bleibst hier Jan. Ich will nicht das dir was passiert und außerdem muss ich noch an deinem Kostüm die Hose kürzen, sonst siehst du auf Tinas Party morgen aus wie ein kleiner Junge, der die Klamotten seines Bruders aufträgt."

Er nickte stumm. Während sie aßen, sprachen sie kein Wort mehr. Die Stimmung war unheimlich angespannt. Sobald sie fertig waren, ließ er nochmals den Blick über den Brief schweifen. Am Namen seiner neuen Betreuerin blieb er hängen, dann lachte er. Die anderen beiden sahen ihn verständnislos an.

„Ich hab grad den Namen der Tante gesehen. Hannah Uhrenklöppel. Die kürzt sich tatsächlich mit H.Uhrenklöppel ab. Was für ein kack Name!"

„Das gerade du dich darüber lustig machst", erwiderte Jan grinsend, während er das Geschirr abräumte und Babsi wortlos den Raum verließ.

„Wieso?"

„Ich sag nur Glashaus, Gliedmund. Glashaus."

2 Süßes oder Saures, Vampir, Unter meinem Bett

Mit einem missbilligenden Geräusch stand er auf und ging zurück in sein Zimmer. Suchend ließ er den Blick über die Wäscheberge und sein zerwühltes Bett gleiten. Wenn er logisch darüber nachdachte, konnte es eigentlich nur in seinem Bett liegen. Kurzerhand warf er seine Decke und das Kissen auf den Boden. Sein Mobiltelefon schlug mit einem lauten Geräusch auf. Er hob es auf und setzte sich kurz auf die Matratze, die auf ein paar Bierkästen auflag. Seine Lustlosigkeit versuchte, ihn zum Bleiben zu überreden. Aber er hatte zwei Möglichkeiten. Entweder bleiben und damit riskieren, Babsis Stimmung zu verschlimmern oder seinen faulen Hintern in den Wagen zu setzen. Nummer eins war so verführerisch, beinhaltete sie doch sein warmes, weiches Bett mit der schweren Decke und dem schönen, großen Kissen. Aber er konnte Jan das nicht antun. Ächzend stand er auf, nahm seine Schlüssel und blieb kurz an der Haustür
stehen.

„Ich fahr jetzt los, bis nachher!"

Zuerst wartete er auf eine Antwort, als keine kam, schloss er die Tür auf und ging. Draußen war nicht viel los. Das Treppenhaus war leer, der Platz vor dem Haus genauso. Auf dem Parkplatz rannten einige Kinder zwischen den geparkten Autos herum und spielten fangen. Er schwang sich auf den Fahrersitz seines Wagens. Plötzlich hörte er vom Rücksitz eine schrille Stimme schreien.

„Süßes oder Saures?!"

Er zuckte leicht zusammen und drehte sich herum. Unschuldig saß da ein Stofftier, dessen Körper wie der eines kleinen Kindes geformt war und einen Kürbis als Kopf hatte. Wo es herkam, wusste er nicht mehr. Auch nicht, dass er es gekauft hatte. Andererseits kaufte er betrunken oft nichtsnutziges Zeug über das er später stolperte. Er hob die Hand, nur um sicher zu gehen, dass er sich das nicht eingebildet hatte. Sofort leuchteten die Augen des Stofftieres in Rot auf und wieder war der Schrei zu hören.

„Süßes oder Saures?!"

Er hoffte inständig, dass dieses Ding nicht auf die typischen Autofahrbewegungen reagieren würde. Sonst würde es die längste Fahrt seines Lebens werden.

Gerade als er ausparken wollte, liefen ein paar der Kinder direkt vor seine Motorhaube. Sie gingen zwischen seinem und dem Wagen vor ihm in die Knie. Zuerst wartete er kurz ab, doch da sie sich nicht bewegten, drückte er auf die Hupe. Erschrocken fuhren sie herum. Ein größerer Junge stellte sich auf und rief ihm ein paar Schimpfworte entgegen. Wortlos drehte er den Schlüssel und stieg aus. Die Augen von dem Jungen wurden groß, scheinbar hatte er vorher keine Ahnung, wen er da beleidigt hatte. Gliedmund musste nur zwei Schritte auf ihn zu machen, um die ganze Gruppe in die Flucht zu jagen. Zufrieden stieg er wieder ein und fuhr los. Einer der Vorteile, die er dank seines Rufs bei den Kindern im Haus hatte. Dafür musste er nicht viel tun. Ein oder zwei von ihnen hatte er bedrohlich angestarrt, als sie im Treppenhaus Pausenlos hoch und runter gerannt waren. Seither hatten sie sich das nicht mehr getraut, was zum Großteil an seinem Aussehen lag. Er war seit seiner Kindheit erschreckend dünn. Dahinter steckte keine Krankheit, es war ihm von seinem Vater vererbt worden und seine Geschwister sahen auch nicht breiter aus als er. Hinzu kamen seine tief eingesunkenen, schwarzen Augen, die blasse Haut und die zum Haken geformte Nase. Seine schwarzen langen Haare sahen immer struppig und ungepflegt aus, egal welche Produkte er verwendete und ob er sie zu einem Pferdeschwanz zusammenband. Hinzu kamen dann noch zwei Jugendsünden, die er seinem damaligen Alkoholkonsum zu verdanken hatte. Einerseits hatte er sich Bissmale an den Hals tätowieren lassen, andererseits wurden seine Eckzähne, als Teil einer Kneipenwette, verlängert. Kein Wunder, dass die Kinder glaubten, er sei ein echter Vampir. Das er dadurch schwerer auf dem Arbeitsmarkt zu vermitteln war, gefiel ihm noch dazu. So hatte er sich mehr Urlaub in den letzten Jahren gönnen können, als andere in ihrem ganzen Leben.

Die Fahrt verlief gut. Er ließ die Stadt hinter sich, fuhr durch ein paar Dörfer. Ihm war schon vorher aufgefallen, wie Wolkenverhangen der Himmel war, nun begann es zu regnen.

„Unter meinem Bett lebt das Grauen aller Frauen, denn da tu ich meine Stinkesocken verstauen", tönte ein Lied fröhlich aus dem Radio.

‚Na wenigstens der Radiofritze hat gute Laune‘, dachte er.

Zwei Ortschaften weiter zog er verwundert die Augenbrauen zusammen. Vielleicht war es seine Einbildung, aber, je weiter er von seinem zu Hause weg fuhr, desto dunkler wurde es. Auch der Regen schien stärker zu werden. Und es waren immer weniger Menschen auf den Straßen. Nun gut, dass konnte er sich erklären. Schließlich bleiben die meisten Menschen bei starken Regenfällen im Trocknen und gehen nur unter Zwang hinaus. Er kratzte sich am Kopf.

„Süßes oder Saures?"

Eine Sekunde lang dachte er darüber nach, anzuhalten um das blöde Ding endlich auszuschalten. Aber dann fuhr er durch einen Wald. Es war so dunkel, wie die Nacht. Das die Straße vor allem aus Kurven bestand, machte die Fahrt an sich auch nicht leichter. Hier war es zu gefährlich um anzuhalten. Er wurde nervös. In ihm kroch das Gefühl hoch, dass hinter jeder Kurve ein Tier auf der Fahrbahn stehen konnte. Natürlich war damit in einem Wald immer zu rechnen, aber er wurde das Gefühl nicht los, dass er jede Sekunde irgendwas rammen könnte. Und dann geschah genau das. Er bog um die nächste Kurve, gerade als eine alte Frau auf die Straße trat. Sofort drückte er das Bremspedal durch und versuchte reflexartig auszuweichen, was ihn auf die entgegenkommende Fahrbahn schlittern ließ. Seine Bremsen blockierten und das dumpfe Geräusch des Körpers, der auf seiner Motorhaube aufschlug, verriet ihm, dass er sie dennoch erwischt hatte. Er drehte am Lenkrad um wieder auf die richtige Spur zu kommen, dann griff er sein Handy, sprang hinaus und rannte zurück zur Unfallstelle.

3 Unsichtbare Berührung, Süßigkeiten, Blut

Um besser sehen zu können, schaltete er die Taschenlampenfunktion an seinem Mobiltelefon an. Er folgte seinen Bremsspuren und hoffte inständig, dass sie noch lebte. Zuerst wollte er neben der Straße laufen und die Kurve, hinter der er zu stehen gekommen war, meiden um schneller zurück zu kommen. Doch die Angst davor, die Frau könnte irgendwie mitgeschleift worden sein und innerhalb der Kurve liegen, wo er sie vielleicht nicht durch die Bäume hindurch gesehen hätte, hielt ihn auf dem Asphalt. Große Tropfen fielen schwer auf den Kapuzenpullover, den er trug. Er wusste noch, dass er diese Frau kurz nach einer Kurve gerammt hatte. Außerdem war er sich sicher, dass er eine gerade Strecke, weitere Kurve und schlussendlich ein weiterer gerader Straßenabschnitt benötigt hatte, um den Wagen anzuhalten.

„Scheiß Wetter, scheiß verficktes Dreckswetter", fluchte er leise vor sich hin.

Bisher konnte er nur den schwarzen Abrieb auf der Strecke erkennen. Er realisierte dabei, wie knapp er einem weiteren Zusammenstoß entkommen war. Je weiter er sich von seinem Auto entfernte, desto mehr deuteten die Spuren auf der anderen Straßenseite in Richtung der Bäume. Wenige Zentimeter hätte es gebraucht, dann wäre er selbst schwer verletzt oder tot. Den Gedanken schüttelte er ab. Es ging nicht um ihn, sondern darum, der armen Frau zu helfen, sollte es noch möglich sein. Seine Schritte hatten ihn durch die Gerade und beide Kurven geführt, spätestens jetzt sollte er seinem Opfer gegenüber treten. Doch dahinter war Nichts zu sehen, außer seiner Reifenspuren.

‚Bestimmt liegt sie zwischen den Bäumen auf der anderen Seite‘, dachte er.

Sofort stürzte er dorthin. Neben der Straße, ging an dieser Stelle ein kleiner Abhang hinunter. Das Laub war unberührt. Weder an der Steigung noch weiter unten, wo der Boden halbwegs gerade war, konnte er irgendwelche Spuren ausmachen. Er bemühte sich, seine Atmung zu kontrollieren und lauschte, doch er hörte nichts. Keine Schmerzensschreie, kein Stöhnen. Aber auch keine Vögel oder sonstige Waldbewohner. Fast als wäre er unter einer Glashaube.

„Wenn Sie mich hören können, machen Sie ein Geräusch", rief er verzweifelt.

Weiterhin blieb alles still. Aufgeregt lief er von Seite zu Seite, leuchtete in so viele Richtungen wie er nur konnte. Weder die Frau, noch irgendwas, das auf sie deutete, wie Blutflecken oder ähnliches, konnte er ausmachen. Doch die richtige Panik traf ihn erst, als etwas Eiskaltes, Unsichtbares seinen Knöchel berührte.

Geschockt wich er zurück. Während er versuchte, die Quelle der Berührung auszumachen, hörte er aus weiter Ferne ein heiseres

Lachen. Wind kam auf und schlug ihm ins Gesicht. Ein leises Rascheln, dass immer lauter wurde, zwang ihn dazu aufzusehen. Ein kleines Stück außerhalb seines Lichtkegels hob sich die Erde an, bis sie etwa die Höhe eines durchschnittlichen Maulwurfshügels erreicht hatte. Aber diese Erhebung war um einiges breiter und zu seinem Erschrecken stellte er fest, dass sich die Erde hob und senkte, als würde sie atmen. Seine Augen waren wie festgeklebt. Er war sich unsicher, ob er sich diese Bewegung nur eingebildet hatte. Dann tat er etwas, dass er besser nicht getan hätte. Er richtete den Lichtschein genau auf den Haufen aus Dreck und Laub. Sofort fror dieser in der Bewegung ein. Gliedmund wurde das Gefühl nicht los, dass er gemustert wurde. Als würde jemand oder etwas versuchen, seinen nächsten Schritt einzuschätzen. Dann fielen die ersten Blätter vom höchsten Punkt hinunter. Ein gequältes Stöhnen drang leise aus dem entstandenen Loch hervor. Er trat einen Schritt näher und versuchte durch diese Öffnung zu erkennen, was sich unter dem Boden befand. Ihm stockte der Atem. Ein menschliches Auge starrte ihn aus dem Loch heraus an. Es blinzelte nicht oder sah sich um. Es beobachtete ihn, hielt Blickkontakt. Er hatte das Gefühl, dass sie sich in einem Wettbewerb befanden, wer zuerst Blinzelt oder weg sieht, hatte verloren. Und es würde etwas sehr Schlimmes mit dem Verlierer geschehen. Seine Augen brannten schon. Lang würde er es nicht mehr schaffen, sich dagegen zu wehren. Entschlossen rannte er los. Hinter ihm schrie der Laubhaufen mit einer rauen Stimme auf. Dieses Mal verkürzte er seinen Weg und blieb neben der Straße.

Hinter ihm raschelte es, zuerst leise, dann wurde es dröhnend laut. Er warf einen Blick zurück und zweifelte an seinem Verstand. Der Hügel oder vielmehr, dass was diesen verursachte, raste ihm hinterher. Er richtete den Blick wieder nach vorne, gerade rechtzeitig, um einem Ast ausweichen zu können, der auf der Höhe seines Gesichts hing. Der Boden unter seinen Füßen begann zu vibrieren und wurde uneben. Immer wieder schien an einigen Stellen der Boden wegzusacken. Er warf einen Blick zur Straße. Gerade hatte er die zweite Kurve geschnitten. Er schlug einen Haken, mit dem sein Verfolger nicht gerechnet hatte und der ihn auf den geraden Straßenabschnitt zurück brachte. Sein Auto lag nur noch einen Steinwurf entfernt. Er sah zum Waldboden. Der Hügel war mit ihm auf gleicher Höhe. Sobald er sich auf den Fahrersitz geschwungen hatte, musste er die Zentralverriegelung auslösen. Selbst wenn dieses Ding kein Konzept für Türengriffe hatte, könnte es sonst zufällig herausfinden, wie es zu ihm in den Wagen gelingen konnte. Bald schon konnte er das grüne, verkratzte Heck vor sich sehen. Der Wind wurde stärker, der Regen schien auf sein Gesicht zu zielen. Mit einem Ärmel wischte er sich immer wieder das Wasser aus den Augen um wieder etwas vor sich erkennen zu können. Mit letzter Kraft warf er sich nach vorne, riss die Fahrertür auf und zog sich hinein. Er musste die Zentralverriegelung drei Mal auslösen, bis endlich die Knöpfe an den anderen Türen nach unten glitten. Er warf sein Mobiltelefon auf den Beifahrersitz, startete den Motor und fuhr los. Während der Fahrt schaltete er neben dem Licht auch die Scheibenwischer ein. Ein Windstoß drückte das Auto immer wieder nach links, aber das war seine geringste Sorge. Er suchte die Rückspiegel nach dem Hügel ab. Ein paar Kurven weiter, sah er wieder Tageslicht und ließ den Wald hinter sich. Es regnete zwar noch, aber auch der Wind schien sich gelegt zu haben, was er daran erkannte, dass er nicht mehr dagegen lenken musste. Jetzt setzten die Schnappatmung und die Seitenstiche ein, die das Adrenalin vorher ausgeblendet hatte.

„Ich werde nie wieder Süßigkeiten essen", stieß er hervor, „und ab übermorgen mache ich Sport."

Das Nächste, was er spürte, war ein Brennen an seinem Bein. Oder vielmehr, an seinem Knöchel. Im nächsten Dorf hielt er an. Es dauerte ein wenig, bevor er den Mut aufbringen konnte auszusteigen. Aber seine Hose wurde immer feuchter, kälter und klebriger, er musste nachsehen wie viel von dem, was er da fühlte real war. Vielleicht war er ja auch einfach in eine Pfütze getreten und hatte das nicht bemerkt. Schließlich regnete es. Ja, wahrscheinlich war es einfach nur ein wenig feuchter Dreck. Dumm von ihm, an etwas anderes zu denken. Nachdem er sich mit diesem Gedankengang überzeugt hatte, entriegelte er die Tür und stieg aus. Sobald er aufstand, blitzte ein gleißender Schmerz in seinem Knöchel auf. Tränen stiegen ihm in die Augen. Er verlor sein Gleichgewicht und fiel zurück auf seinen Sitz. Vorsichtig zog er sein Hosenbein nach oben. Blut quoll aus mehreren kleinen Wunden, die sich alle in einer senkrechten Reihe befanden. Er schüttelte den Kopf. Wieso hatte er das nicht bemerkt? Wann war es passiert und was hatte ihn dort erwischt? Er ließ das Hosenbein los und zog seine Beine wieder hinein.

„Entschuldigung, brauchen Sie Hilfe?", fragte plötzlich eine Frau neben ihm.

Er sprang vor Schreck regelrecht auf und schlug sich dabei den Kopf am Autodach an.

„Tut mir leid", sagte sie und verkniff sich gut sichtbar das Lachen, „ich konnte von der anderen Straßenseite sehen, dass Sie verletzt sind. Ich bin Krankenschwester, ich könnte Sie verbinden, wenn Sie wollen."

4 Gruselgeschichte, Burgverlies, Schrei

„Und woher kommt der Verband?", fragte er misstrauisch.

„Sie werden doch wohl einen Verbandskasten haben?!", erwiderte sie freundlich.

Er nickte.

„Ist hinten im Kofferraum. Aber erschrecken Sie nicht, ist ziemlich voll", brummte er.

Während sie nach hinten ging, verfolgte er sie im Rückspiegel, soweit es ihm möglich war. Nachdem, was im Wald geschehen war, traute er keinem noch so freundlichen Gesicht mehr über den Weg. Sie kramte laut herum. Als sie wieder nach vorne kam, öffnete sie die Tür. Er drehte sich langsam zu ihr um. Sie holte mit wenigen Handgriffen eine Wundauflage und eine Mullbinde heraus, dann schloss sie die Tasche wieder und hielt sie ihm entgegen. Er warf sie auf den Beifahrersitz, so gut es ihm möglich war. Er beobachtete jede ihrer Bewegungen. Wie sie die

Wundauflage mehrmals faltete, um einen Teil des Blutes abzuwischen, nur um dann wieder zu einer sauberen Seite zurück zu falten und diese dann auf die Wunden zu drücken.

„Halten Sie das bitte fest", meinte sie lächelnd.

Er nickte und legte einen Finger auf den Fetzen.

„Wissen Sie, wie weit Brockenmünde weg ist?", fragte er.

„Zwei Ortschaften, also etwa eine Viertelstunde."

„Komisch, mir kommt es vor als hätt ich noch mindestens eine Stunde vor mir", erwiderte er verwirrt.

Damit, dass sie aufstand holte sie ihn wieder zurück in die Gegenwart.

„Ist es zu fest?"

Er warf einen Blick nach unten. Der Verband behinderte nicht die Blutzirkulation und wirkte auch nicht zu locker. Zur Probe drehte er sich um und trat auf die Bremse. Weder sein Bein noch der Fuß reagierten negativ auf seine Bewegungen.

„Sitzt perfekt."

„Gut, wir wollen ja nicht, dass Sie den Rest des Tages humpeln oder gar nicht mehr aus dem Wagen kommen."

„Es tut mir leid, dass ich so unhöflich war. Aber wissen Sie, mir ist vorhin im Wald etwas geschehen und mir fällt es schwer, Ihnen diese Freundlichkeit abzukaufen."

„Oh das ist schon in Ordnung. Solche Geschichten sind immer sehr zermürbend."

„Was für Geschichten?", fragte er, während seine Alarmglocken laut vor sich hin klingelten.

„Oh, Sie wissen schon", meinte sie und wandte ihm ihren Rücken zu, „Gruselgeschichten."

Sobald sie das letzte Wort beendet hatte, drehte sich ihr Kopf um 180° und sah ihn direkt an. Ihr Gesicht war zu einem amüsierten, teuflischen Grinsen verzogen. Er riss die Augen auf und zog die Tür zu. Dann schlug er auf den Knopf der Zentralverriegelung. Als er den Schlüssel herumgedreht und die Handbremse gelöst hatte, versuchte er loszufahren. Aber egal wie viel Gas er gab, der Wagen rührte sich nicht vom Fleck. Die Frau kam näher und bückte sich unnatürlich weit hinunter, bis sie durch das Fenster hinein sehen konnte.

„Du verschwendest Benzin", belehrte sie ihn, weiterhin grinsend, „du fährst weiter, wenn ich es dir gestatte."

„Was zur Hölle willst du von mir?", rief er verzweifelt.

„Ein paar Knochen."

„Von mir?", fragte er geschockt.

„Nein, was soll ich denn mit deinen Knochen?", fragte sie süßlich, „ich will, dass du mir meine Knochen zurück holst."

„Und wo sind die?"

„In einem Burgverlies. Jemand hat sie gestohlen und dort versteckt."

„Wieso brauchst du mich dafür?"

Sie hob ihre Hand und verdrehte sie so, dass sie mit allen fünf Fingern an seiner Scheibe kratzen konnte.

„Dieser Dieb hat meine Knochen an einem Ort versteckt, den ich nicht betreten kann. Du wirst sie holen und mir zum Calzonas bringen. Dann lasse ich dich sogar am Leben."

„Ist gut, ich mach das. Nur lass mich bitte fahren!"

„Gliedmund, ich weiß, dass du vorhast zu fliehen", stellte sie klar, „aber ich finde dich. Es gibt keinen Platz auf dieser Erde, an dem ich dich nicht finden würde. Dich und deine Freunde. Kannst du dir vorstellen, wie einfach es für mich wäre, Babsis Eingeweide aus ihrem Bauch zu holen und Jan damit zu erdrosseln? Wie leicht ich ihren Bauch mit meinen langen Nägeln aufreißen könnte?"

Ihm wurde bereits davon schlecht, wie fröhlich sie von diesem abartigen Szenario sprach. Es schüttelte ihn am ganzen Körper.

„Du wirst ihnen nichts tun?", fragte er mit zitternder Stimme, „wenn du deine Knochen zurück bekommst?"

„Weder ihnen noch dir. Was sagst du?" „Ich mach es, aber hör mit dieser Gruselscheiße auf", fauchte er, „und wo ist das Verließ?"

„Auf dem Christians Berg."

Er starrte sie an.

„Da ist keine Burg."

„Nicht mehr. Der obere Teil wurde zerstört, aber alles was sich unter der Erde verbirgt, ist noch da."

„Und wie soll ich unter die scheiß Erde kommen?!"

„Es gibt eine Höhle. Die hat der Andere auch benutzt. Nimm dich vor ihm in Acht, er wird dir meine Knochen nicht ohne Gegenwehr überlassen. Und wenn dir etwas geschieht oder du mir leeren Händen den Berg verlässt, wird das deinen Freunden nicht gut tun."

„Ich hab's kapiert, jetzt lass mich los!"

Sie lachte. Ihr Lachen klang so rau, als würde jemand zwei Stücke Schleifpapier aneinander reiben.

„Wie du willst", flüsterte sie.

Plötzlich raste der Wagen aus dem Stand los. Gliedmund hielt sich vor Schreck am Lenkrad fest. Die Bremse gehorchte nicht. Er brauste mit 150 km/h durch die winzige Ortschaft. Die engen Kurven waren schwer zu halten, gerade bei dem andauernden Regen. Er war sehr froh darüber, dass die andere Spur unbefahren war. So hatte er einen größeren Spielraum. Das Ortschild raste an ihm vorbei. Er war auf einer engen Landstraße gelandet. Erst jetzt konnte er das Auto abbremsen. Erleichtert atmete er tief durch. Was passiert war, hatte er selbstverständlich nicht verkraftet, aber jeder Meter, den er zwischen sich und dieses scheußliche alte Weib bringen konnte, war wie ein Wunder für ihn. In seinem Kopf herrschte Chaos. Er versuchte nicht zu reflektieren, was gerade geschehen war. Stattdessen zwang er sich dazu, nur an das Ziel zu denken.

‚Ich muss zum Christians Berg', dachte er immer wieder vor sich hin.

Alles andere hätte ihn zum Schreien gebracht. Kein verständliches Wort wäre dabei herausgekommen. Nur ein langer, entsetzter unheimlich lauter Schrei. Es fiel ihm schwer sich zusammenzureißen. Aber seinen Freunden und sich selbst zuliebe, würde er es durchhalten.

5 Monster, Kürbislaterne, Dunkelheit

Der Christiansberg war der höchste Berg in der Gegend. In alten Zeiten wurde darüber gemunkelt, dass die örtlichen Hexen lieber dort ihren Sabbat abhielten, als auf dem Blocksberg, da die Reise zu diesem lang und beschwerlich sei.

„Wegen der Winde, die da herum gehen", war die Begründung.

Der Wind würde den Hexen das Fliegen schwer machen. Sie bräuchten Stunden, um landen zu können und würden von dem Gelage dann kaum noch etwas mitbekommen. Außerdem soll dort zu viel Wald sein. Auf dem Christiansberg wiederum gab es keinen Wald. Der Berg war nur mit Gras und Büschen bewachsen. Das er dadurch eher nicht als Versammlungsort von Hexen geeignet war, da man aus den umliegenden Dörfern jedes Feuer und alle Gäste kilometerweit hätte sehen können, wurde dabei außer Acht gelassen. Die Menschen in der Region waren sich sicher, ihr Berg war etwas Besonderes.

Vielleicht lag es auch gerade daran, dass man keine Spuren von menschlichem Lebensraum darauf erkennen konnte. Aber auch die Höhlen waren im Umkreis bekannt, wenn auch nicht gut erforscht. Das lag daran, dass 1924 ein junger Mann dort ums Leben kam. Er und seine Freunde wollten das Innere des Berges erkunden und dort klettern. Scheinbar hatte er dahingehend einen besonderen Ehrgeiz. Während seine Freunde sehr gewissenhaft auf Anzeichen für Gefahr an den Felswänden achteten, kroch er in jeden noch so kleinen Gang. An der tiefsten Stelle, geschah dann die Tragödie. Zuerst rieselten nur wenige, kleine Steinchen hinunter, ohne Vorwarnung waren ganze Felsbrocken auf ihn hinunter gefallen oder, wie es in einer anderen Version hieß, von einem Monster, dass sich gestört fühlte, auf ihn geworfen worden. Seine Freunde kamen zur Hilfe, er verbrachte nicht einmal mehrere Minuten unter dem Geröllhaufen, aber sie konnten nichts mehr für ihn tun. Man erzählte sich, dass er nachts in Vollmondnächten die Höhlen heimsuchen und jeden, der es wagte, einen Fuß in dieses Höhlensystem zu setzen, würde den Zorn des Mannes heraufbeschwören und einen grausigen Tod sterben müssen.

Gliedmund hatte keine große Lust, herauszufinden ob diese Legende ein Körnchen Wahrheit enthielt. Vor allem wollte er nicht dahinter kommen, ob das Monster real und wirklich dazu in der Lage war, mit Felsbrocken zu schmeißen. Hätte er das noch vor einer Stunde ernsthaft in Betracht gezogen? Nein, nicht mal wenn er betrunken gewesen wäre. Es ist ja auch schwer zu glauben, dass dort im Dunklen Innern eines großen Dreck und Steinhaufens so etwas überleben könnte. Was sollte ein solches Monster fressen? Würmer? Es klang für ihn ungemein Lächerlich. Er fragte sich, ob er überhaupt ein Licht für sowas dabei hatte. Klar konnte er sein Mobiltelefon benutzen, so wie im Wald. Aber würde dessen Leuchtkraft für eine Höhle reichen, durch die bestimmt kein bisschen Tageslicht fiel? Daran zweifelte er. Außerdem bräuchte er irgendwas, dass er werfen oder mit dem er zuschlagen könnte, wenn er angegriffen werden würde. In der nächsten Ortschaft hielt er daher an dem letzten ihm bekannten Laden vor seinem Ziel. Es war ein winziges Ding, mit drei Regalen und engen Gängen. Die Kasse stand direkt neben dem Eingang. Als er über die Stelle trat, klingelte eine altmodische Glocke über ihm. Die Besitzerin, eine ältere Dame mit strengem Dutt auf dem Kopf und einer schneeweißen Schürze kam von hinten angelaufen. Sie sah sehr kräftig aus, so, als ob sie einem Mann den Arm brechen könnte, wenn sie nur seine Hand schüttelte.

„Was kann ich für Sie tun?", fragte sie mit einer hohen Stimme, die man eher von einem jungen, feengleichen Mädchen erwartet hätte.

„Ich brauche eine Taschenlampe oder sowas", sagte er, nachdem er seine Verwunderung abgeschüttelt hatte.

„Oh, da muss ich im Lager nachsehen. Vor kurzem gab es einen regelrechten Ansturm, wegen Halloween. Viele stellen keine brennenden Kerzen in ihre Kürbisse, sondern legen da Taschenlampen rein, wissen Sie? Ist ja auch viel vernünftiger!"

Er nickte höflich. Zuerst wollte er ihr ein Stück folgen, aber, sie wies ihn an, bei der Kasse zu bleiben. Wenige Minuten später kam sie mit bedrücktem Gesicht zurück. In ihrer Hand hatte sie eine kleine Kürbislaterne aus Plastik.

„Das ist nicht Ihr ernst", meinte er und starrte die Kürbislaterne an.

„Etwas Anderes kann ich Ihnen nicht anbieten", sagte sie entschuldigend, „aber sie ist wirklich sehr hell."

„Ich muss tief in eine Höhle, dort ist es dunkel wie im Affenarsch. Da bringt mir das Plastikding nichts."

„Ich mag so ein Vokabular nicht", sagte sie streng, „aber ich kann Sie beruhigen. Absolute Dunkelheit ist kein Problem für diese Kürbisse. Sie leuchten sogar am Tag sehr gut, sehen Sie?"

Sie drehte den grünen Stiehl um 180°, sofort erstrahlte die Laterne in orangefarbenem Licht. Gliedmund ließ den Blick schweifen. Der Schein drang sogar in die kleinen Freiräume, zwischen den untersten Regalbrettern und dem Boden. Er wollte es am liebsten nicht zugeben, aber die Leuchtkraft des kleinen Plastikteils war beeindruckend.

„Es leuchtet orange", murrte er stattdessen.

„Es tut mir leid, aber Kürbisse sind eben orange."

„Ich weiß", antwortete er leise, aber genervt.

„Haben Sie sich entschieden?"

„Ja", antwortete er und seufzte, „ich nehme das Teil. Haben Sie noch ein paar Batterien dafür?"

„Sicher, ich hole Sie Ihnen sofort", sagte sie freundlich, schaltete den Kürbis aus und ging schnellen Schrittes wieder nach hinten.

Er nutzte die Zeit, dazu, das Regal hinter sich zu mustern. Es gab allerlei Koch und Backzeitschriften, ein paar Groschenromane mit halb nackten Männern darauf, einen Katalog mit Werkzeug und einen kleinen Reiseführer über diese Gegend. Er nahm ihn in die Hand und las den Buchrücken durch. Es stand viel über die Weinberge, die malerischen Ortschaften, berühmte Persönlichkeiten die aus dem Gebiet stammten oder zeitweise dort gewohnt haben und allerlei für Gliedmund uninteressante Dinge darin. Beim letzten Satz stutzte er.

‚Entdecken Sie den Christians Berg, seine Bedeutung für die Bewohner der Region und seine geografischen Begebenheiten.'

‚Ein paar Infos wären sicher nicht schlecht', dachte er und legte das Buch neben die Kasse.

6 Knochen, Alptraum, Gänsehaut

Es dauerte etwas länger, bis sie wieder kam. Neben dem Kürbis und den Batterien, hatte sie einen weißen Knochen dabei, der etwa einen halben Meter lang war. Sie legte alles neben die Kasse.

„Die Halloween Saison ist schon fast um und da Sie die letzte Laterne kaufen, gebe ich Ihnen den dazu gehörigen Stab kostenlos mit", erklärte sie, „sehen Sie? Hier unter dem Gelenkkopf ist ein Karabiner Haken, den müssen Sie nur noch in dem Loch hier oben im Stiehl befestigen."

Er bedankte sich, zahlte und ging zurück zum Auto. Dort angekommen, warf er alles auf den Beifahrersitz und stieg ein.

„Süßes oder Saures?!"

Zuerst wollte er wieder aussteigen, aber dann überlegte er es sich anders. Sollte das blöde Ding doch vor sich hin plappern. Gliedmund wollte weiter und so schnell wie möglich alles hinter sich bringen. Er fuhr ohne Verzögerung los. In weiter Ferne konnte er bereits sein Ziel ausmachen, es würde vielleicht noch eine halbe Stunde Fahrtzeit dauern. In seinem Bauch machte sich ein unbehagliches Gefühl breit. So, als würde er etwas sehr Dummes und Falsches tun. Aber welche Wahl hatte er schon? Selbst wenn ihm sein eigenes Leben egal wäre, Jan war sein bester Freund. Und Babsi konnte, eine richtige Nervensäge sein und einem schnell jeden Spaß verderben. Aber deswegen hatte sie dennoch nicht den Tod verdient. Und wenn er ganz ehrlich zu sich selbst war, waren sie trotzdem gute Freunde geworden. Auch wenn er sie nur kannte, weil sie seit anderthalb Jahren mit Jan zusammen war.

‚Hätt ich ihr gleich geglaubt, wär mir nur das Geld gestrichen worden‘, dachte er, ‚nächstes Mal nehm ich sie ernst.‘

Er warf einen Blick auf die Uhr. Beinahe zwei Stunden waren vergangen. Ob sie sich wohl Sorgen machen, wenn er noch lange unterwegs wäre? Oder wäre ihnen das sogar recht?

‚Auf was man für Gedanken kommt, wenn einem die Scheiße bis zum Kragen steht“, dachte er bei sich. Am wahrscheinlichsten war es, seiner Meinung nach, dass die beiden so sehr damit beschäftigt waren sich zu versöhnen, dass sie nicht wussten wie lang er bereits weg war. Und selbst wenn, es war nicht selten das er für mehrere Tage verschwand ohne sich zu melden. Einer seiner gewöhnlichen Ausflüge, mehr würden sie nicht vermuten.

‚Bis es zu spät wäre‘, dachte er, mit einem Kloß im Hals.

Der Gedanke hatte ihn zurück in die Gegenwart versetzt. Was schade war, denn er hätte so gern mehr Zeit außerhalb dieses Alptraums verbracht. Den Rest der Fahrt konzentrierte er sich nur noch auf die Straße, bis er schließlich an seinem Ziel angekommen war. Am Fuß des Berges griff er nach dem Buch. In dem Kapitel über den Berg befand sich eine kleine Karte, auf der ein guter Ort zum Parken markiert war. Nachdem er sein Auto abgestellt hatte, griff er nach der Kürbislaterne und dem Knochen. Auch das Buch steckte er ein. Danach stieg er aus und musterte den Berg. Ein geschwungener Pfad führte nicht weit weg von seinem Standort, direkt hinauf zur Spitze. Alles andere, was er von dieser Stelle aus erkannte, waren Büsche, Gras und die letzten Wildblumen, die sich noch gegen die Kälte des Herbstes zur Wehr setzten. Er warf einen Blick ins Buch.

‚Scheuen Sie sich nicht, den befestigten Weg zu verlassen. Es gibt mehrere Höhleneingänge, die eine Erkundung wert sind. Wir empfehlen, den größten Eingang zu wählen den Sie finden können. Seien Sie vorsichtig, einige Pfade sind einsturzgefährdet. Diese sind mit weißrotgestreiften Bändern versehen. Ignorieren Sie diese Warnzeichen unter keinen Umständen!‘

„Sehr hilfreich", murmelte er und schob das Buch zurück in seine Gesäßtasche.

Er folgte dem Weg ein Stück weit nach oben und versuchte den Denkprozess der Burgerbauer nachzuvollziehen. Normalerweise wurden Burgen so gebaut, dass sie schwer zugängig für Feinde waren. Also dürfte diese Burg ganz oben gestanden haben, seiner Meinung nach. Was bedeutete, das Verließ konnte nicht zu weit unten liegen und die richtige Höhle auch nicht. Schließlich würde es keinen Sinn ergeben, einen Zugang an den Fuß des Berges zu verlegen, wo jeder Angreifer darüber stolpern könnte. Ihm lief der Schweiß über den Nacken. Das mit dem Sport würde er dieses Mal tatsächlich ernst nehmen müssen. Mit 35 Jahren schon so viel zu schwitzen, nachdem er etwa 400 Meter weiter gekommen war, kränkte seinen Stolz. Außerdem verschaffte ihm der kalte Wind, den er durch seinen Kapuzenpullover spüren konnte, eine Gänsehaut. Um sich abzulenken, gab er dem kleinen Buch noch eine Chance. Vielleicht würde ja etwas von der Burg oder dem Höhlensystem drin stehen. Bevor er zu lesen begann, huschte sein Blick über den Weg, der vor ihm lag. Kein Stein, Ast oder eine andere Stolpermöglichkeit. Perfekt.

‚Sollten Sie sich über die Absperrungen hinweg setzen, könnte es Ihnen ergehen wie Gustav Bootmann. Dieser hatte, am 06.05.1924 mit seinen Freunden die Höhlenerforschung auf der Bergspitze begonnen. Sie berichteten hinterher, dass er unbedingt im Berg klettern wollte und sie ihn begleitet hatten. Da die anderen jedoch keine gut ausgebildeten Kletterer waren, im Gegensatz zu ihm, blieben sie in den leicht zugänglichen Teilen der Höhlen und versuchten sich nur an Felswänden, die überaus sicher waren. Natürlich konnten sie ihn dadurch nicht die ganze Zeit über im Blick behalten. Sie folgten kleinen grünen Stoffstückchen, die Gustav an verschiedenen Orten platzierte, um den Rückweg nicht aus den Augen zu verlieren. Mehrmals mussten sie außen am Berg hinunter gehen, um durch einen anderen Eingang wieder mit ihm auf gleicher Höhe zu sein. Doch dann geschah es. Von Draußen hörten sie einen Schrei, danach bebte die Erde, als sich ein Steinhaufen löste und Gustav unter sich begrub. Zuerst versuchten sie ihm zu Hilfe zu eilen, doch er befand sich an einer sehr engen und schwer erreichbaren Stelle der Höhle. Verständlicherweise konnten seine Freunde nicht zu ihm vordringen, weshalb sie in einem der Dörfer Hilfe holen mussten. Unglücklicherweise kam diese zu spät. Gustav konnte nur noch tot geborgen werden. Die Behörden gingen davon aus, dass Gustav wohl beim markieren seines Weges einen Stofffetzen in die falsche Ritze gedrückt und damit einen Stein zu sehr gelockert habe. Er wurde nur 24 Jahre alt.'

7 Hexer, Untoter, Keller

„Verschwinde", glaubte er im Wind hören zu können.

Verwundert blickte er sich um und blieb stehen.

„Wenn mich jetzt noch so ein scheiß Geist anfängt zu nerven kotz ich im Strahl", murrte er.

Zögerlich ging er einen Schritt nach vorn und steckte dabei das Buch wieder weg. Nichts war zu hören. Ein weiterer Schritt, mit gespitzten Ohren wartete er auf eine weitere Warnung. Vergebens. Hörte er Dinge, die nicht da waren? Er folgte seiner Intuition und ging zwei Schritte zurück. Seinem Gefühl nach stieg der Wind an. Ein Verdacht beschlich ihn. Er wandte sich nach links und verließ den Weg. Seine Schritte waren entschlossen, die Ohren gespitzt. Die Regenwolken über ihm verdichteten sich. Er nahm den Knochen fest in eine Hand und hielt den Kürbis in der anderen. Vielleicht hatte Gliedmund den Verstand verloren. Es wäre nicht verwunderlich gewesen und anstatt sich darüber zu ärgern, sah er das als Chance. Mittlerweile wurde es so kalt, dass er seinen Atem sehen konnte. Selbst die Tropfen kamen ihm kälter vor. Vor sich entdeckte er einen Höhleneingang. Er war nicht besonders hoch und schwer zu erkennen. Er sah abschätzig den kleinen Kürbis in seiner Hand an.

„Na hoffentlich bist du wirklich so eine Leuchte", sagte er und drehte am Strunk.

Das Licht der kleinen Laterne tauchte alles um ihn herum in orangenen Schein. Er atmete tief ein und zwängte sich in den Berg. Anfangs musste er sich klein machen und sah kaum was sich vor ihm befand. Die Hand mit dem Knochen streckte er daher ein Stück weit voraus. Die Luft wurde mit jedem Meter muffiger. Seine Schritte halten weit in den Gängen um ihn herum wieder. Vorsichtig hob er den Kopf. Der Gang selbst war nicht mal breit genug, dass er seine Arme seitlich hätte ausstrecken können und bestand aus glattem Stein. Vor ihm bog sich der Gang nach unten. Kurz vor der Biegung gab es links eine Öffnung, durch die er sich drücken konnte. Um zu entscheiden, wo er lang gehen sollte, ging er ein paar Meter gerade aus. Um eine andere Reaktion zu provozieren, ging er zurück zum Felsspalt und schob sich mit Gewalt hindurch. Hier war der Stein rauer, der Untergrund locker. Seine Füße sanken leicht ein. Er hob die Hand mit dem Kürbis über seinen Kopf. Weit über sich sah er einen weiteren Spalt. Dann suchte er auf seiner Ebene nach einem anderen Zugang. Er konnte keine weiteren Gänge entdecken. So langsam hing ihm dieser Tag meilenweit zum Halse raus. Nachdem er die Laterne befestigt hatte, steckte er sich den Knochenstab hinten in den Kragen, sodass das Licht neben seinem Kopf hing. Sobald er seine Hände in die Wand gekrallt und sich ein Stück nach oben gezogen hatte, hörte er über sich ein tiefes Knurren.

„Es ist mir scheiß egal was du bist. Geist, Hexer, Halbling mit Schmuckfimmel, egal, verstehste? Ich brauch die Knochen von der Alten, ich hol sie mir und du kannst dir einen Hobeln gehen", rief er und suchte den nächsten Punkt, an dem er sich festhalten konnte. Kleine Steinchen rieselten von der Decke auf ihn hinunter. Langsam zog er sich weiter und weiter hinauf, während die Felswand in seine Handflächen schnitt. Am liebsten hätte er seinen Griff gelockert, aber mehrere Meter über dem Boden schien ihm das keine gute Idee zu sein. Er versuchte, mit seinen Füßen möglichst weit oben Halt zu finden. Ob das nun die richtige Strategie war konnte er nicht beurteilen. Schließlich hatte er nie auch nur daran gedacht, klettern zu gehen. Er war am liebsten zu Hause auf seinem Sofa. So viel wie an diesem Tag, hatte er sich die letzten zehn Monate über nicht bewegt.

„Verschwinde!", sagte jemand sehr deutlich über ihm.

Von irgendwo in der Höhle konnte er einen harten Schlag auf den Fels hören, der unaufhörlich wiederhallte. Er zuckte zusammen. Der Kürbis schwang gegen sein Ohr. Das kalte Plastik erinnerte ihn an seine Lage. Daran das er weiter klettern musste, wenn er die Chance haben wollte zu überleben. Er konnte fühlen wie etwas mit zu vielen Beinen über seine Finger krabbelte. Vor Schreck konnte er nicht anders, als eine Hand loszureißen und zu schütteln. Was auch immer es war fiel in Richtung Boden. Sofort griff er wieder zu, um seine andere Hand von den Höhlenbewohnern zu befreien. Seine Beine wurden müde.

‚Reiß dich zusammen', ermahnte er sich selbst, ‚du musst da schnell hoch'

Mit einem Grunzen schaffte er es, sich weiter nach oben zu ziehen. Langsam entwickelte er ein Bewegungsmuster, mit dem er klar kam. Irgendwas streifte seinen Rücken, aber er zwang sich dazu ruhig zu bleiben. Ein Fiepen verriet ihm, dass es sich um eine Fledermaus gehandelt hatte.

„Du wirst sterben!", schrie ihm jemand ins Ohr.

Im nächsten Augenblick fühlte er, wie etwas grob an seiner Kapuze zog. Schmerz breitete sich in seinem Hals aus.

„Lass mich los du untoter Kacklappen", stieß er hervor und warf einen Blick nach oben.

Wenn er sich nicht täuschte, befand sich der Rand, unter dem Spalt anderthalb Meter über ihm. Es war riskant und dumm, aber das Ziehen wurde immer stärker. Er ging in die Knie, sprang mit aller Kraft nach oben und hoffte darauf, den Rand greifen zu können.

Er flog so hoch, dass der Rand auf der Höhe seiner Ellbogen war. Sofort schlug er seine Hände auf die Fläche und suchte nach etwas, an dem er sich festhalten konnte. Mit der linken bekam er einen losen Stein zu fassen, mit der rechten etwas hartes, scharfkantiges das aufragte. Er wusste nicht genau worum es sich handelte, aber auf jeden Fall bewegte es sich nicht. Die Landung war hart. Der Zug an seiner Kapuze war so fest, dass er regelrecht nach unten gezogen wurde. Erst als er sich mit den Füßen nach oben drücken konnte, brachte er genug Kraft auf um hinauf zu gelangen. Sobald er den harten Untergrund mit dem Bauch berührte, robbte er nach vorne so weit es ihm möglich war. Keuchend stand er auf und zerrte sich den Ausschnitt seines Pullovers vom Hals. Es dauerte eine Sekunde bis er realisierte, dass es keine Gegenwehr gab. Anscheinend hatte das, was ihn in den Tod reißen wollte, losgelassen. Sobald er wieder Luft hatte, suchte er sich an der Wand einen Weg zu dem Spalt, der sich ungefähr zwei Meter über dem Boden befand. Da dieser schräg war, musste er hindurch greifen und sich an den Rändern hinein ziehen. Mit einem Klicken löste er den Kürbis von seiner Halterung und sah sich um. Er steckte mit seinem Oberkörper in einem schmalen Gang. Die Wände um ihn herum wirkten nicht wie in der Höhle, aber auch nicht genug verändert um als Gewölbe durchzugehen. Er streckte sich und stellte die Laterne auf den Boden, dann drückte er sich gänzlich hinein. Als er den Kürbis aufhob, nahm er auch den Knochen wieder in die Hand. Fragend sah er in die eine, dann in die andere Richtung. Er entschied sich dafür, nach rechts zu gehen. Je weiter er kam, desto mehr Kerben konnte er in den Wänden ausmachen. Zu seiner rechten tauchte im orangenen Licht eine kleine hölzerne Klappe auf. Neugierig ging er in die Knie und hob sie an. Ein fauliger Geruch stieg ihm in die Nase. Angewidert hielt er die Laterne so niedrig, dass er hinein sehen konnte. Ein Tisch war teilweise erkennbar, wahrscheinlich stand er unter der Klappe. Er seufzte genervt. Natürlich musste er dorthin, wo es am schlimmsten Roch. Er kniete sich mit dem Rücken zur Öffnung. Mit dem

44

Knochen hielt er die Klappe aufrecht, während er seine Füße seitlich darunter hindurch schob. Langsam ließ er sich hinunter, bis er das alte Holz unter seinen Schuhen spürte. Angespannt verlagerte er sein Gewicht immer mehr auf den Tisch und wartete auf das Geräusch von nachgebendem Holz. Das blieb glücklicherweise aus. Seinen Kopf musste er schief legen und vorsichtig ein wenig hin und her bewegen, um ihn durch den schmalen Schacht hindurch zu zwängen. Der Gestank trieb ihm die Tränen in die Augen. Hektisch blinzelte er und versuchte seine Umgebung zu mustern. Ihm fiel auf, dass er in einem Raum war. Vor dem Tisch stand ein Stuhl, gegenüber befand sich ein Strohhaufen mit Stoffresten darauf. Er musterte die anderen Wände, aber nirgendwo fand er eine Tür. Dann entdeckte er, dass die Wand zu seiner linken anders aussah, als die anderen. Ihn beschlich ein grausiger Verdacht. Er stieg vom Tisch und näherte sich der gegenüber liegenden Wand. Mit Entsetzen erkannte er eine Knochenhand, die schmutzig grau aus den Stofffetzen hervor ragte.

„Ich hab den Leichenkeller gefunden", stellte er fest und verzog das Gesicht.

8 Das Böse, Friedhof, Zombie

Er wandte sich von dem grausigen Anblick ab. Dann ging er zu der Wand, die nicht wie die anderen aussah. Die Steine waren grob und nur eine dünne Schicht Mörtel lag dazwischen. Probeweise klopfte er leicht mit den Knöcheln dagegen. Die gesamte Wand bebte. Wie er es angenommen hatte, war diese Mauer höchst instabil. Fand er keinen anderen Weg, könnte er sie zum Einsturz bringen. Er drehte sich um, sein Blick fiel wieder auf die menschlichen Überreste. Die Frage war, musste er überhaupt weiter oder hatte er sein Ziel schon gefunden? Die Alte hatte gesagt, dass ihre Knochen gestohlen und im Burgverließ versteckt wurden. Und was wäre ein besseres Versteck, als ein zugemauerter Raum? Er überwand seinen Ekel und trat näher an das Skelett heran. Obwohl die Knochen blank und der Stoff, mit dem sie bedeckt waren, nur noch aus Fetzen bestand, erinnerte ihre Anordnung mehr an einen Menschen der im Schlaf gestorben war, als an einen Haufen Überreste, den man möglichst gut verstecken wollte. Über dem Bett fiel ihm etwas ins Auge. Jemand hatte in den Stein einen Namen geritzt. Karl. Darunter stand die Zahl 1650.

„Und wie?"

„Als ich ein Jüngling war, sah ich sie zum ersten Mal. Des Nachts als bezaubernd schönes Fräulein, das auf den Zinnen des Burgturms schwebte, den ich von meinem Schlafzimmer aus sehen konnte. Von da an sah ich sie jede Nacht an unterschiedlichen Orten. Ich kam ihr näher und näher, bis ich eines Nachts das Wort an sie richten konnte. Nach vielen Gesprächen gestanden wir einander unsere Liebe. Doch sie sagte, wir könnten nur vereint sein, wenn es mir gelinge, ihr einen Körper beschaffen. Ich studierte viele Jahre Alchemie, um eines Tages einen Homunkulus für sie zu erschaffen."

„Was ist das?"

„Ein künstlicher Mensch. Ich hauchte ihm allerdings kein Leben ein, so war er nur eine leere Hülle für meine Liebste. Nachdem sie ihn in Besitz genommen hatte, wurde sie meine Braut und schenkte mir einen Erben. Lang war alles gut. Unser Sohn wuchs, wir waren glücklich, aber eines Tages fiel mir bei der Jagd auf, welchen Spaß ihr die grausamsten Methoden bereiteten. Eine Zeit danach weihte mich einer meiner Vertrauten in die speziellen Lehrstunden ein, die sie Siegfried zukommen ließ, wann immer ich abwesend war. Sie hatte unseren Sohn in der Folter und den barbarischsten Mordmethoden geschult, die Opfer waren Mitglieder der Dienerschaft. Natürlich habe ich sie befragt und sie stritt ihre Taten nicht ab. Ich habe sie angefleht damit aufzuhören, doch sie lachte nur. Danach lehrte sie unseren Sohn sogar vor meinen Augen. Also tat ich, was meine Pflicht als Burgherr war. Ich stellte sie vor ein Gericht und sie wurde zum Tod durch Hängen verurteilt. Doch meine Liebe war ungebrochen, deswegen ließ ich ihr Schlafzimmer in eine Totenkammer für sie umbauen. Im Lauf der Jahre versuchte ich Siegfried zu einem guten Mann zu erziehen, doch seine Mutter hatte ihn bereits verdorben. Als ich alt war und ihm das Amt übertrug, ließ er mich zur Strafe für das, was seiner Mutter geschehen war hier einmauern."

„Was ist mit der Klappe? Wofür ist die?"

„Er wollte zusehen, wie ich sterbe. Womit er nicht rechnete, war die Treue meiner untergebenen. Sie versorgten mich durch eben jene Öffnung mit Nahrung und Wasser, bis ich eines Nachts im Schlaf den Tod fand. Mein Geist blieb hier, um die Burgbewohner vor ihrer Mordlust zu schützen. Daher hat sie hier keine Macht. Aber es braucht einen Lebenden, um sie gänzlich in das Totenreich zu verbannen."

„Und wie mach ich das?"

„Alles was sie hier noch hält sind ihre Knochen. Wenn du sie zu dem Friedhof im Wald hinter dem Berg bringst und dort mit geweihter Erde bedeckst, zerreißt das Band."

„Das kann ich nicht. Wenn ich ihr die Knochen nicht bring, wird sie meine Freunde und mich töten."

„Sie hat dir das gesagt, aber glaubst du ihr?"

„Natürlich, schau dir an was sie mir im Wald angetan hat!"

„Das war nicht sie, sondern ich."

„Was?!"

„Ich wusste, was sie im Schilde führte, als sie vor deinem Wagen erschien und wollte dich so ängstigen, dass du umkehrst."

„ Dann warst du dieser gestörte Laubhaufen?! Warum hast du sie nicht davon abgehalten vor mein Auto zu latschen?"

„Außerhalb meines Berges bin ich nicht mächtig genug, um in ihre Taten einzugreifen."

„Also kannst du uns auch nicht vor ihr schützen."

„Sie ist nicht was du fürchten solltest, sondern mein Sohn."

„Ist der sowas wie ein Zombie?"

„Nein, ein Alchemist der, fehlgeleitet von seiner Mutter, einen Trank gebraut hat der es ihm ermöglicht am Leben festzuhalten. Um das Rezept zu erhalten, musste er einen Schwur auf die Knochen seiner Mutter ablegen. Doch wenn sie im heiligen Boden liegen, kann ein so verdorbenes Versprechen nicht wirksam bleiben.*

„Ok, demnach wird nicht das alte Weib mich umbringen sondern dein Sohn, wenn ich ihr nicht die Knochen bring. Und auch meine Freunde. Hab ich das richtig kapiert? Denn für mich klingt es so."

„Weil du noch nicht die ganze Wahrheit kennst. In Wirklichkeit wirst du nur überleben, wenn du die Knochen zum Friedhof bringst. Sie können dich nicht töten, weil du zu wertvoll für sie bist. Sie brauchen dich."

„Wozu?"

„Mein Sohn will einen neuen Körper für seine Mutter schaffen. Aber er beabsichtigt keinen Homunkulus herzustellen. Er hat sich für eine Methode entschieden, bei der man einen Menschen opfert. Diesen Mensch muss man Jahre lang mit den richtigen Tränken und Kräutern füttern, damit sein Fleisch dazu bereit ist, einen neuen, funktionieren Körper zu bilden. Und das hat er die letzten Jahre mit dir getan."

„Aber ich kenn keinen Siegfried."

9 Narbe, Krähe, Zauberspruch

Gliedmund starrte das Skelett verwirrt an. Sein Magen verdrehte sich, als die Erkenntnis in sein Bewusstsein drang. Aber, konnte das wirklich sein? Hatte er sich so getäuscht?

„Du meinst doch nicht Jan oder?"

„Das es dich schmerzt, tut mir leid mein Junge. Aber es ist wahr. Der Mann den du Jan nennst, ist kein anderer als mein Sohn Siegfried."

„Aber wir sind seit Jahren die besten Freunde. Wir machen alles füreinander. Wir sind doch immer für einander da", widersprach er traurig, „ich kann das nicht glauben."

„Er musste dich ködern. Sag selbst, wann hast du zuletzt gekocht?"

„Ich kann nicht kochen. Aber Babsi kocht oft!"

„Sie erwärmt das Essen nur. Er stellt es ihr fertig mit den richtigen Kräutern gewürzt hin. Oder konntest du sie je allein Gemüse schneiden und Fleisch anbraten sehen?"

Er schüttelte den Kopf. Tatsächlich hatte er nie gesehen, wie sie das Essen zubereitete. Er hatte allerdings auch nicht darauf geachtet, denn das Wichtigste an der Sache war, dass er einfach nur zugreifen musste um satt zu werden. Aber allein die Vorstellung, dass sein bester Freund Jan nichts weiter war als ein kaltes, berechnendes Monster widerstrebte ihm so sehr, dass er es einfach nicht für möglich halten konnte.

„Gibt es einen Weg, wie du mir das Ganze beweisen kannst?", fragte er, ohne den alten Mann anzusehen.

„Du trägst den Beweis bei dir. Sieh in das Buch. Dort wo du gelesen hast, gibt es eine Abbildung. Auf der nächsten Seite."

Er stand auf um den kleinen Reiseführer hervor zu ziehen. Dann stellte er den Kürbis ab und suchte nach dem Kapitel über den Berg. Er fand den Abschnitt über Gustav und blätterte mit zitternden Fingern das Papier um. Auf der anderen Seite befand sich ein schwarzweißes Foto der Gruppe, vor dem Betreten der Höhle. Es waren sechs Männer und vier Frauen darauf. Er hielt sich das Buch so nah wie möglich an die Augen und nahm den Kürbis in die freie Hand. Er musterte jeden der Männer genau, bis ihm am Rand ein junger Mann mit breiten Schultern, dünnen Haaren und hellen Augen auffiel. Zuerst schob er die Ähnlichkeit zwischen ihm und Jan darauf, dass sie ähnliche Typen waren. Bis ihm eines auffiel. Es war kaum auf dem alten Foto zu entdecken, erst als er die Stelle genau musterte. Am liebsten hätte er sich übergeben, denn das konnte er nicht ignorieren. Der Mann auf dem Foto hatte die gleiche, schräg verlaufende und gezackte Narbe an derselben Stelle wie Jan.

„Er war dabei", stellte er leise fest, wobei er mehr mit sich selbst sprach als mit dem Burgherren.

Dieser nickte.

„Du bist nicht der erste, dem mein Sohn eine gewisse Form von Kameradschaft vorspielt. Sobald sie ihm vertrauten, spielte er ihnen vor, sein Leben würde von der Beschaffung dieser Knochen abhängen. Siegfried selbst wagte es nicht meinen Berg zu betreten, doch diese jungen Menschen durchsuchten alle Gänge, die sie finden konnten."

„Haben Sie auch versucht die zu töten?", fragte er, ohne vom Foto aufzublicken, „so wie mich vorhin, an der Felswand? Ist Gustav deswegen gestorben?"

„Ich habe seit meinem Tod Niemanden ermordet."

„Sie haben mich gewürgt und versucht mich wegzureißen. Hätte das funktioniert, wär ich runtergefallen und verreckt."

„Ich habe dich nur an dieser Kapuze zu fassen bekommen", erwiderte das Skelett und zuckte mit den Schultern, „und ich hätte dich nicht fallen gelassen. Ich wollte dich nur zum Höhleneingang schleifen, damit du verängstigt fliehen würdest."

„An Ihrer Gruseltaktik müssen Sie echt noch feilen. Wieso ist Gustav dann gestorben?"

„Der arme Junge ist ausgerutscht und in einen tiefen Schacht gefallen. Er war tot, sobald sein Körper den Boden berührte."

„Und dieser Steinhaufen, der ihn angeblich begraben hat?"

„Als er ausrutschte, suchte er Halt an einem der Steine. Der Haufen war schon seit langer Zeit locker und so, setzten sich die Steine in Bewegung."

Gliedmund zwang sich dazu aufzusehen. Er vertraute ihm nicht, aber zumindest glaubte er ihm. Das Skelett starrte ihn zwar reglos an, da Knochen keinerlei Mimik besitzen, aber er fühlte tief in seinem Bauch, dass der alte Mann nur helfen wollte. Er beschloss, dass es an der Zeit war aufzubrechen.

„Schön. Wo ist dieser Friedhof genau? Der Wald ist riesig, man könnte ein ganzes Hotel da drin verstecken."

„Es gab dort einen Weg, direkt von der Burg zum Friedhof. Diesen siehst du nicht mehr, aber Krähen wurden in die Rinden der Bäume geritzt, die Reisende schützen sollten."

„Ok, nein. Ich bin nicht so schlau, wenn ich die Vögel selbst suchen muss dauert das ewig und die Zeit haben wir nicht. Du führst mich dorthin, wir werden die zwei los und haben unsere Ruhe."

„Dann lass uns zur Tat schreiten mein Freund!"

„Gut, dann müssen wir nur noch die Knochen beschaffen. Nur wie komme ich jetzt durch die Wände?"

„Das ist nicht nötig. Ich habe die Überbleibsel des Homunkulus nach meinem Tode eingesammelt und hier in meiner Zelle versteckt, als mein Sohn und seine Männer in den Krieg zogen. Du musst nur die Steine in der Mitte anheben."

„Also bist du dieser Andere von dem sie sprach? Aber das mit der Höhle, versteh ich dann nicht. Sie meinte, du hättest eine Höhle benutzt um ihre Knochen verschwinden zu lassen."

„Nun, ich habe die Überreste durch den Gang hinein gebracht. Solide Objekte bekommst du nicht durch eine Steinwand, da hilft dir nicht mal ein Zauberspruch."

„Gut zu wissen", stellte er fest, „wie hoch stehen meine Chancen, dass du die verrotteten Reste deiner Ollen nimmst?"

„Ich denke, es ist angemessener wenn du sie nimmst. Schließlich bin ich ein alter Mann, ich kann froh sein, wenn ich den Gang durch den Wald schaffe."

„Du bist tot."

„Und du jung."

„Von mir aus, wenn es dann schneller geht. Aber du nimmst die Laterne und leuchtest mir den Weg. Ich habe keine Lust hinzufallen."

„Wohl an, händige sie mir nur aus."

Gliedmund befestigte den Kürbis wieder am Knochen und hielt ihm beides hin.

„Was ist dieses lächerliche Konstrukt?"

„Eine Kürbislaterne."

„Aber ich bin ein Edelmann. Aber andererseits bezweifle ich, dass der niederste Knappe meiner Gefolgschaft ein solches Ding auch nur mit einem Stock berührt hätte. Wieso führst du das mit dir herum?"

„Weil der Laden keine anderen Modelle mehr hatte. Jetzt nimm sie schon, es wird dich jawohl keiner damit sehen."

„Warte, ich lege noch meinen Körper ab", sagte der Burgherr.

Er konnte sehen wie sich das Skelett langsam hinsetzte und sich danach hinlegte. Einen Moment später, fiel der Kopf zur Seite. Plötzlich spürte er einen kleinen Ruck am Griff, den er sofort los ließ. Der Anblick, der schwebenden Laterne brannte sich in sein Gehirn.

10 Werwolf, Mumie, Spinnen

„Zeig mir wo sie genau sind."

Die Laterne schwebte zuerst nach rechts, dann langsam weiter nach links und blieb schließlich etwa einen Meter entfernt stehen. Gliedmund ging daneben in die Knie und holte seinen Autoschlüssel aus der Tasche. Vorsichtig schob er die Steine weit genug auseinander, um sie aufheben zu können. Schon als er den ersten Stein in der Hand hatte, musste er seinen Würgereiz erneut bekämpfen. Der Gestank, der ihm Anfangs von draußen entgegen geschlagen und an den er sich bereits gewöhnt hatte, drang vielfach verstärkt aus dem Loch hervor. Es roch süß und säuerlich wie Essig, aber es schwang auch der Geruch alten Fleisches mit.

„Wie viele Jahre sind die Knochen da drin?", stieß er hervor und wandte sich ab.

„Ich weiß nicht, ein paar Jahrhunderte wahrscheinlich", schätzte der Geist.

„Aber warum stinken die dann noch so?"

„Das Fleisch eines Homunkulus zersetzt sich nicht so schnell wie das eines Menschen. Reiß dich zusammen, Junge. Je schneller du sie zu fassen bekommst, desto schneller wird der Gestank von geweihter Erde bedeckt."

„Hoffentlich ist kein Werwolf in der Nähe, sonst wird er uns Meilenweit wittern können", brummte er.

„Wie kommst du darauf? Es gibt keine Werwölfe."

„Oh ja wie komme ich nur darauf? Jeder weiß doch das es nur Geister und Homunkulusse und sowas gibt."

„Es heißt Homunkuli."

Er warf einen genervten Blick zur Laterne und machte sich wieder an die Arbeit. Es kostete ihn viel Überwindung die anderen Steine aus dem Weg zu räumen aber nach und nach kamen die Überreste zum Vorschein. Im Licht des Kürbisses glitzerten die Knochen vor Feuchtigkeit. Er biss die Zähne zusammen und zog an einem langen Exemplar. Ein weiterer langer und mehrere kleinere hingen noch daran, was dieses schleimige Zeug war, dass sie alle zusammen hielt, wollte er gar nicht wissen. Gliedmund schüttelte es vor Ekel, aber er holte alles aus dem Loch hervor was er fand und hielt es mit dem anderen Arm vor seine Brust. Er stand auf und wandte sich um.

Hinter ihm flogen die Steine zurück in ihre Ausgangsposition. Er verkniff sich die Frage danach, warum der Burgherr das nicht von vornherein getan hatte und kletterte auf den Tisch. Er schob die Knochen soweit er konnte hindurch und wandte sich um.

„Nach Ihnen."

Mühelos schwebte die Laterne vor seinen Augen hindurch. Er zog eine Grimasse. Mit dem sauberen Ärmel rieb er so viel Schleim wie möglich aus dem Weg, bevor er die Arme hindurch steckte und seinen Kopf schief legte. Eigentlich wollte er sich langsam hindurch zwängen, doch zu seiner Überraschung wurde eine Hand gepackt und er schnell hervor gezogen.

Er wurde über den Boden geschleift, bis die Klappe hinter ihm zu schwang. Langsam stand er auf und sammelte seine stinkende Fracht ein.

„Danke. Wo müssen wir lang?"

„Folge mir."

Die Laterne glitt etwa anderthalb Meter über dem Boden durch die Luft. Gliedmund war darüber erleichtert, dass sie sich weiter von dem Loch entfernten, unter dem sich die erklommene Felswand befand. Er wusste schon ohne die Leichenteile nicht wie er heil unten ankommen sollte, selbst wenn der Burgherr ihm helfen würde.

Ein paar Minuten später fiel der Lichtschein plötzlich auf eine Mauer, in der sich eine staubige, abgewetzte und mit Spinnennetzen behangene Tür befand. Vor seinen Augen wurde die Klinke hinunter gedrückt und mit lautem Ächzen schwang sie auf. Als er eintrat, fand er sich in einem engen Flur wieder. Schweigend führte ihn der Geist durch die Reste seiner Burg. Der Boden war schmutzig und bestand aus Faust-Großen Steinen, ebenso die Wände. Hier und da hatten es sich Insekten und andere kleine Tiere bequem gemacht. Die Türen waren deutlich stärker vom Zahn der Zeit angenagt worden. Sie alle waren rau, manche existierten nur noch zur Hälfte, manche fehlten zur Gänze, nur die Beschläge lagen verrostet am Boden. Sie gingen eine alte Holztreppe hinauf, die furchtbar wackelte, bis sie vor einem Türrahmen voller Dreck standen.

„Da kommen wir nicht weiter", stellte er fest, „wo gehen wir jetzt hin?"

„Es gibt keinen anderen Weg. Das hier ist die einzige Tür die zum Verließ und den Speisekammern führt."

„Aber wir könnten einen Kilometer oder mehr unter der Erde sein. Wie soll ich da durch kommen?"

„Ich werde dir einen Weg hindurch bahnen. Halte still und schließe deine Augen", sagte der Burgherr und merkte an „sobald du die Oberfläche erreichst, wirst du rennen müssen. Mein verdorbener Sohn und diese Hexe werden in der Nähe sein."

„Schön aber nehm die Laterne mit. Sollte ich verschüttet werden, will ich dass man irgendwann meine Mumie mit diesem elenden Plastikding findet", erwiderte er und kniff die Augen zu.

Er konnte spüren wie ein Haufen Dreck gegen seine Hosenbeine geschleudert wurde. Im nächsten Augenblick riss ihn etwas von den Füßen. Die Luft wurde stickig und immer wieder rieselte Erde über sein Gesicht. Vor Angst drückte er die Knochen fest an seine Brust und verschränkte seine Beine.

Das Nächste was Gliedmund hörte, war Babsis Stimme. Er konnte sie hören, noch bevor die Erde sein Gesicht freigegeben hatte und er die Luft darauf spüren konnte.

„Bist du dir sicher, dass er hier ist?", fragte sie.

„Du hast doch auch auf dem Parkplatz sein Auto gesehen oder?", antwortete Jan.

Er drehte den Kopf zur Seite. Zögerlich säuberte er seine Augen mit dem Handrücken. Er lag ein kleines Stück entfernt von der Bergspitze, neben ihm befand sich eine eingesunkene Stelle im Boden. Es war bereits Dunkel geworden. Er rappelte sich auf und wandte sich von den Stimmen ab. So schnell es ihm möglich war, lief er in Richtung des Waldes, der sich am Fuß des Berges befand. Der Abgang war so steil, dass er immer wieder stolperte. Verzweifelt blickte er sich um und suchte nach dem orangenen Schein der Laterne. Weit entfernt meinte er, hinter einem der Bäume einen Lichtpunkt ausmachen zu können. Das Herz schlug so laut in seinen Ohren, dass er keine anderen Geräusche wahrnehmen konnte. Er konzentrierte sich nur auf den Fleck hinter dem Baum. Dieser bewegte sich langsam weg von ihm. Hatte der Burgherr den Verstand verloren? Oder dachte er, Gliedmund wäre bereits hinter ihm und ging daher weiter? Er versuchte seine Atmung in den Griff zu bekommen. Am Waldrand angekommen, lief er hinter den Baum, an dem er das Licht sah. Doch statt der Kürbislaterne, fand er dort einen Abhang. Er versuchte zu bremsen, doch es war unabwendbar. Er fiel hinunter. Glücklicherweise war es ihm gelungen, sich vor dem Fall auf den Rücken zu drehen, die Wucht des Aufpralls minderte dieses Manöver jedoch nicht. Mit aller Macht wurde ihm die ganze Luft aus den Lungenflügeln gedrückt, die Schmerzen machten es ihm schwer einzuatmen.

‚Was ist denn jetzt wieder passiert?‘, dachte er, bevor ein Glühwürmchen über seinem Gesicht hinweg flog.

Er schimpfte innerlich selbst über seine Dummheit. Wie konnte er einen Faustgroßen Kürbis mit einem winzigen Käfer verwechseln? Plötzlich fühlte er etwas an seinen Beinen. Er zog seine Hosenbeine nach oben und in dem fahlen Mondlicht beobachtete er, wie mehrere große Spinnen auf seiner Haut herum krochen. Erschrocken sprang er auf und versuchte sie abzuschütteln. Er schmierte sich das verwesende Gewebe auf die Haut, während er mit den Händen nach den Arachnoiden schlug. Mit aller ihm verbliebenen Kraft zwang er sich dazu, nicht zu schreien.

„Beruhige dich Junge", flüsterte ihm etwas ins Ohr.

Wie angewurzelt blieb er stehen. Er warf einen kurzen Blick über seine Schulter und erkannte den Knochenstab. Die übrigen Spinnen sprangen von seinen Beinen und liefen davon.

„Sie hat dir ihre Lieblingstiere auf den Hals gehetzt. Sie ist uns zu nah. Wir müssen uns beeilen!"

„Schalt den Kürbis an, ich will dich nicht wieder aus den Augen verlieren."

11
Sarg

Um ihre Position besser zu tarnen, begab sich der Burgherr wieder unter den Waldboden, sodass der Kürbis nur wenige Zentimeter über dem Boden hing. Über ihnen braute sich ein Sturm zusammen. Hinter Gliedmund begann es stark zu regnen, Blitze züngelten über den Himmel. Während er rannte, drückte er die Knochen so fest er nur konnte an seinen Körper. Das stinkende Gewebe drang in seinen Kapuzenpullover ein und berührte teilweise seine Haut, doch das kümmerte ihn nun nicht mehr. Er hatte nur noch sein Ziel vor Augen. Sie mussten eine Zeit lang diagonal laufen, um auf den richtigen Weg zu kommen. Als der orangefarbene Lichtschein auf die erste Krähe traf, atmete er auf. Sie schlugen eine enge Kurve und im Augenwinkel konnte er sehen, wie eine Markierung nach der anderen vorbei flog. Die höchstens zehn Zentimeter großen Krähen waren so verwittert, dass man sie kaum erkennen konnte. Der ehemalige Weg war schon lang überwuchert. Allein hätte er ihn niemals gefunden.

„Was tust du da?!", schrie plötzlich eine grelle Frauenstimme in sein Ohr.

„Verpiss dich", knurrte er zwischen seinen zusammengebissenen Zähnen hindurch.

Im nächsten Augenblick spürte er einen brennenden Schmerz auf seiner Wange. Kurz darauf folgte ein warmes, feuchtes Gefühl. Das Miststück musste ihn gekratzt haben.

„Ich will meine Knochen Gliedmund", fauchte sie wütend.

Er zwang sich dazu, ihr keine Beachtung zu schenken. Er musste seine Kraft darauf konzentrieren, mit dem Burgherren Schritt zu halten.

„Du glaubst ihm doch nicht etwa?", fragte sie und lachte höhnisch, „sobald die Erde meine Knochen berührt, werde ich dir den Bauch aufschlitzen und deine Eingeweide aus deinem Körper reißen!"

Er musste sich ducken um einem Ast, der seinen Weg kreuzte, auszuweichen.

„Du wirst sterben. Danach Jan und zum Schluss Babsi."

Das ließ ihn aufhorchen. Sie hatte das Gespräch, dass er mit dem Burgherren hatte, nicht mitbekommen. Sie wusste nicht, dass er die Wahrheit kannte. Und das bedeutete, dass auch Siegfried unwissend war. Er beschleunigte seine Schritte. Diesen Vorteil musste er ausnutzen.

„Deine Freunde sind in der Nähe, willst du zusehen, wenn ich ihnen das Leben mit Gewalt nehme?", rief sie nachdrücklich.

Zufrieden hörte er, wie sie ein frustriertes Geräusch von sich gab, da er auch nach diesem Kommentar keine Miene verzog. Dann war es plötzlich still. Neben ihm tauchte eine teilweise zerfallene Steinmauer auf. Sobald der Laubhaufen diese passiert hatte, flog die Laterne hoch genug, dass sie auf seiner Kopfhöhe war. Zu allen Seiten waren alte, verwitterte Grabsteine im orangenen Licht zu erkennen. Ohne anzuhalten lief er weiter, bis er sich etwa in der Mitte des Friedhofs befand. Er entdeckte eine Stelle auf der linken Seite, die für seine Augen frei wirkte. Natürlich wusste er auch, dass er mit bloßen Händen auf keinen Sarg stoßen konnte, denn diese lagen dafür zu tief, aber er wollte sicher gehen, dass dieser Albtraum endlich vorbei war. Er ließ sich auf die Knie fallen, legte die Knochen neben sich und schlug beide Hände in die Erde. Er zog den Dreck zu seinen Knien und drückte den Haufen ein wenig fest.

„Bedenke, es muss tief genug sein, dass ihre Knochen völlig bedeckt sind", erinnerte ihn der Burgherr.

Er legte die Kürbislaterne eingeschaltet neben dem Loch auf den Boden. Als er die Erde nicht mehr auftürmen konnte, weil sie immer wieder hinein rieselte, warf er die Knochen hinein. Von weitem hörte er einen lauten Schrei, wie aus einem Horrorfilm. Gerade, als er sie bedecken wollte, wurde er am Hals gepackt und zurück gerissen. Siegfried hatte ihn gefunden. Er warf ihn einen Meter weit weg von dem Erdhaufen und drückte ihn hinunter.

„Kumpel, was machst du hier im Wald?", fragte er scheinheilig.

„Das ist meine Sache, Jan", antwortete er und stemmte sich gegen seinen ehemals besten Freund, „und warum bist du hier?"

„Oh, wir haben uns Sorgen gemacht", gab er an, „Babsi ist auch da."

„Seit wann macht ihr euch denn Sorgen wenn ich verschwinde? Das kennt ihr doch schon von mir?", fragte er passivaggressiv.

Am liebsten hätte er ihm so fest ins Gesicht geschlagen, dass Siegfried das Blut Literweise aus dem Mund geflossen wäre.

„Was macht ihr zwei da?", rief Babsi verunsichert, während sie näher kam.

„Komm nicht näher Liebes", antwortete ihr Siegfried gespielt besorgt, „er hat etwas Furchtbares getan!"

„Aber was?"

„Er hat versucht Leichenteile zu vergraben."

„Verarschst du mich?!", fragte sie und blieb stehen.

„Nein, schau da hinten neben der Laterne. Da sind Knochen."

Zögerlich ging sie zu dem Loch. Ihr Atem stockte hörbar.

„Gliedu, was hast du gemacht?", fragte sie erschrocken.

Er dachte fieberhaft darüber nach, was er sagen sollte. Sie musste ihm glauben, also durfte es nicht zu unglaubwürdig klingen. Er starrte in das Gesicht seines früheren besten Freundes. Dieser genoss regelrecht die verfängliche Situation. Er würde sie sicher anlügen, deswegen blieb Gliedmund nur eines.

„Hab ich dich jemals angelogen?", fragte er.

„Was hat das damit zu tun?", fragte Siegfried laut und grinste ihn an.

„Ich hab dir immer die Wahrheit gesagt, selbst wenn du danach sauer auf mich warst oder mir irgendwer danach in die Fresse gehauen hat, nicht wahr?"

„Ja, du bist der ehrlichste Mensch dem ich je begegnet bin", sagte sie vorsichtig.

„Gut, tu mir den Gefallen und behalt das im Hinterkopf. Die Wahrheit ist, ich hab die Knochen gefunden und wollte sie hier begraben. Mehr nicht."

„Als ob sie dir das abnimmt."

„Wieso willst du sie hier begraben?"

„Weil du oder ich sonst heute Nacht geopfert werden um den Geist, der die Familie vom Calzonas umgebracht hat, wieder zum Leben zu erwecken."

„Wie kommst du nur auf so einen Unsinn", rief Siegfried belustigt, „Liebes er ist verrückt, nehmen wir die Knochen, gehen zum Auto und rufen die Polizei."

„Babsi, wenn du für mich die Erde drauf wirfst, geh' ich danach freiwillig mit euch."

„Du glaubst ihm doch nicht oder?", fragte Siegfried kalt.

„Naja, ich glaube ihm dass er das glaubt. Also könnte ich doch einfach schnell die Erde drauf schmeißen. Dann ist er beruhigt und wir haben es leichter mit ihm."

„Liebes, dass wäre keine gute Idee", erwiderte er und übte mehr Druck auf Gliedmunds Arme aus.

„Wieso nicht?", fragte sie.

„Ich befürchte einfach nur, dass irgendwelche Spuren vernichtet werden."

„Tust du das?", fragte sie misstrauisch, „oder liegt es daran, dass das hier heilige Erde ist?"

„Was zur Hölle soll denn heilige Erde sein?", fragte er scheinheilig.

„Ich verstehe. Keine Angst, die Polizei wird die Erde sehr gut durchsuchen", meinte sie und hockte sich vor das Loch.

Siegfried drehte sich zu ihr um. Er ließ die Arme seines Opfers los und wollte aufstehen, doch nun war Gliedmund derjenige, der ihn packte. Sie rangelten auf dem Boden, aber Siegfried gewann schnell die Oberhand und begann ihn zu würgen. Plötzlich flog Babsi hoch, ihre Füße baumelten einen Meter über dem Boden. Sie röchelte laut.

„Nein Mama, wir dürfen sie nicht beide töten", rief Siegfried über seine Schulter.

Etwas flog und landete in greifbarer Nähe. Etwas, dass orange leuchtete. Gliedmund streckte sich danach aus und bekam den Knochenstab zu fassen. Mit aller Kraft schlug er damit auf Siegfrieds Schädel ein. Als dieser zusammenklappte, warf er ihn von sich. Er konnte sehen, dass Babsi auf den Boden fiel. Er ignorierte seinen ersten Instinkt, der ihn dazu bringen wollte, nach ihr zu sehen. Stattdessen rannte er zu den Knochen. Gliedmund ließ sich auf die Knie fallen. Über sich hörte er einen Wutschrei, die Geisterfrau hatte ihre Hände nach ihm ausgestreckt, aber bevor sie ihn berühren konnte, wurde sie zurück gezerrt. Er ließ sich nicht beirren und begann damit, den Erdhügel ins Loch zu schieben. Als die ersten Brocken die Knochen berührten, spürte er einen gleißenden Schmerz in seiner Schulter.

„Du nimmst mir nicht meine Mutter!", schrie ihm Siegfried ins Ohr.

„Werd' erwachsen Muttersöhnchen", brachte er zwischen zusammengebissenen Zähnen hervor und in einem letzten Kraftakt stieß er den Erdhaufen in das Loch.

Hinter sich hörte er ein Gurgeln. Obwohl es ihm schwer fiel, drehte er sich um. Vor seinen Augen wurde Siegfried im Sekundentakt älter, grauer, bis er schlussendlich weiß Haarig war und gebeugt dastand. Aber auch dieser Zustand hielt nicht lange. Seine Augen schlossen sich, kein Ton war mehr von ihm zu hören, dass Gewebe verweste und seine Knochen, eben noch da, zerfielen zu Staub in der nächsten Sekunde. Aus einer anderen Richtung hörte er ein tiefes Lachen. Die Geisterfrau flog in einem schnellen Sturzflug auf ihn hinunter. Sie rammte ihre Hände in seinen Bauch, doch alles was er fühlte, war eine Kälte in seinem Magen.

„Nein!", schrie sie verzweifelt.

„Doch", rief der Geist eines Mannes, der in einem altertümlichen Gehrock und weißen Kniestrümpfen gekleidet war, während er hinüber kam, „du böses Weib kannst Niemandem mehr ein Leid zufügen."

Sie wollte sich die Hände vor ihr Gesicht schlagen, doch ihre Arme endeten an ihren Handgelenken. Bis auch diese zu verblassen begannen. Ein letzter Schrei und sie war verschwunden.

„Karl, was ist mit ihr passiert?", fragte er den Geist des Burgherrens.

„Ihre Zeit auf der Erde ist vorbei. Eine Nebenwirkung des Paktes, den sie schließen musste, um das Rezept für Siegfried zu erhalten. Ich sagte ja, sie kann nie wieder jemandem etwas tun, sobald ihre Knochen bedeckt sind."

„Und warum bist du jetzt sichtbar?"

„Ich habe mich mit dem Homunkulus schuldig gemacht, als Strafe verlor ich meine Erscheinung. Aber jetzt habe ich wohl meine Schuld beglichen."

„Sie haben einen Homunkulus erschaffen?", fragte Babsi aus dem Nichts interessiert, „das ist faszinier... Oh mein Gott Gliedu, dir steckt ja ein Messer im Rücken!"

Den letzten Teil hatte sie so schnell gesagt und ihn dabei erschrocken angesehen, dass er regelrecht zusammenzuckte. Der pochende Schmerz wurde ihm erst jetzt bewusst.

„Ich denke, ein letztes Kunststück werde ich vollbringen dürfen, bevor ich weiter ziehe", sagte er beruhigend.

Der Burgherr ging zu ihm hinüber und legte eine Hand auf den Messergriff. Dann drückte er, bis die Waffe zur Gänze in ihm verschwunden war. Danach spürte er keine Schmerzen mehr. Sie kam herüber und zog ungefragt seinen Pullover nach oben.

„Hattest du schon immer ein Messer auf der Schulter?", fragte sie verwirrt.

„Ich glaube nicht."

„Es ist ein Andenken. Ich hoffe, du hast nichts dagegen", sagte er lächelnd.

„Natürlich nicht. Es wird mich immer daran erinnern, wie falsch Menschen sein können", meinte er und stand auf, „und an dich. Du bist ein guter Kerl. Du hattest den ganzen Scheiß mit deiner Alten und so nicht verdient."

„Doch ich habe jede meiner Qualen verdient. Merkt euch Kinder; nur weil ihr die Möglichkeit habt euch zu versündigen, bedeutet das noch nicht, dass ihr es auch tun solltet. Leb wohl mein Freund."

„Gute Reise, mein Freund" erwiderte Gliedmund.

Im nächsten Augenblick erschien hinter dem Burgherren ein großes Tor, das nur aus Licht zu bestehen schien. Er verbeugte sich tief vor Babsi, bevor er sich umwandte und hindurch ging. Sobald er nicht mehr zu erkennen war, verblasste das Licht und ließ sie in tiefer Dunkelheit zurück. Gliedmund atmete tief aus, sammelte seine Laterne ein und klopfte noch einmal, kurz entschlossen, die Erde auf dem frischen Grab fest.

„Du hast aber schon vor mir das alles zu erklären oder?"

„Sicher. Sobald wir wissen, was wir der Polizei erzählen werden. Schließlich müssen wir Siegfried noch als vermisst melden, sonst glauben die noch, wir haben ihn getötet."

„Meinst du nicht Jan?"

„Das gehört zu den Dingen, die ich dir später erklären werde. Aber eins sag ich dir: wir sind Freunde und du bleibst in der WG. Keine Diskussion. Kapiert?"

„Okay", sagte sie langgezogen, „erklärst du mir auch was du mit diesem lächerlichen Stück Plastik machst?"

„Hey, sprich nicht so von meiner Kürbislaterne! Die ist verlässlicher als so mancher angebliche Freund. Die leuchtet, seit ich in die Höhle gegangen bin und ich musste nicht einmal die Batterien wechseln!", sagte er belehrend, woraufhin sie zu blinken begann und schließlich ganz erlosch.

Babsi warf ihm einen zweifelnden Blick zu.

„Halt die Schnauze", sagte er langsam und begann seine Taschen zu durchwühlen, „ich hab Ersatzbatterien dabei."